金の雨

横山未来子

目次

金の雨

1

3

ブックデザイン　横山未美子

金の雨

1

夜明けの色

流れゆく午前のひかり白木蓮《はくれん》のひろき若葉の下より見たり

掌をひらき芝生に眠るわれのうへ星の速さに鳥は流るる
ひとつづつ細かき花の中《うち》をさぐる管なめらかに陽にひかりをり

日蔭なる草にとまれば植物のしづけさとなり蝶かくれたり
まばたきも惜しみ夜明けの空の色を見る日のあらむ風すずしき日

旧訳版選び読みたり時を違へひとりびとりに来む死おもひて
言葉へふかく沈みゐたれば窓外に晴れ間を告ぐるもののこゑせり

鮮明に柘榴の咲けり読み終へてまたはじまりへ戻る詩のごと

池の面に一枚の翅うかぶ朝帽子をぬぎてわが旅を終ふ

をさなきもの

息せるを見守りし夜も過ぎゆきてをさなきものは柔らかく覚む

ちひさなる顔を器のなかに入れ餌を食めば底に眼の映りをり

空調の音止まりたりブラインドの隙間に見ゆる風の午後の樹

われの腕の窪みに顔をうづめ来てゆきあたるなき乳首探せり
皮膚よりもなほ温かき口中に指先はありしばしそのまま

ひかり曳きて膝に落ち来し団栗を掌に握りたるひと日なりしか

雨上がりのアスファルトに踏みこめられし桜紅葉をわれも踏みたり

八つ手の花石蕗の葉に陽の当たりまた冬は来とこゑに出だしぬ

此処にゐることを不思議に思ひゐしわれありきよろこびに近き時

数枚の扉を開けて出づる場所あをき夕暮れの世界となれり

目を離さばたちまち育ちゆくならむかなしみに触れ霜月の尽く

暗闇に母求めゐし声よりもしづかに鳴きぬわが顔を見て

絶え間なく喉鳴らしつつねむりゆくみづからを深く宥むるごとく

羽根

羽根傷めここにうづくまる黒き鳩きのふよりをりときに瞬き

紅葉のきはまれるとき葉を垂るる花水木ゆゑこころ翳りぬ
吹きやまぬ夜の風聞けり乾きたる葉に草の実に埋もれ覚むるまで

カフェの椅子に膝掛けのありいづれかの冬に似てゆくごとく来る冬
羊雲の生まれたてなる眩しさに覆はれてある今朝をあゆめり

みづからの貌見るやうに硝子に添ふ冬の蠅をり夜となりつつ

階段

まひるまをすこし乾ける螢袋ほたるを容れぬしづけさに垂る

階段をきしらせて向かふ部屋のなか追熟をせる果実のありぬ
彩色のすずしき皿のうへに置く枇杷の実の成す影はかさなる

種をつつむ薄皮に歯のあたるまで翳りてゐたりあかるき夕べ

暗きくらきはじまりを聞く星雲が足もとを這ふプラネタリウムに

雨ののちの星祭りの夜眼下にはほのじろき花照りあひてをり

だれもゐぬ夜の屋上に凬ながれ蛾を待ちをらむ花の匂ひす

鎮めらるるごとくにゐたり果物のみづのつたひし肘を洗ふに
湖《うみ》に向きてみな立てるとふ観音のかなしみをおもひ本を閉ぢたり

深きより背の見ゆるまで浮かびくる魚の鱗のひかる夜なれ

雪の影

塀を這ひのぼれる蔦の葉の赤をくるしきものとけふの眼は見つ

花季をのがして冬に見し木あり相思とならぬ恋のごとくに

ころがりてそこに留まる柑橘の鮮やかにして昏れそむる道

一月の陽の届く部屋発声のうつくしき人とひとときをゐつ

吸ふ息を合はするほどの間をもちて互ひに言へる言葉みじかし

何もなしと見ゆる枯れ芝をつつきゐる雀の群れのをりをりに跳ぬ
いまだ寒きカフェの店先おほき壺に投げ入れられし白梅にほふ

丈ながき室咲きの梅の枝ありぬ枝うしなひし幹を離れて

もう同じわれなどをらぬ街に来て苺つややけき菓子を食みたり

写真展三首

そびえたる五重塔のかたはらの梅の枝《え》を捲く雪の嵩みゆ

千手観音の長き手を囲む数多の手をさなごの手のごとく群れをり

横顔の仏像の写真見てゐたり帰りぎは遠く振りかへり見つ

如月の窓辺にねむりしづかなり葉脈のごとく血の通ふ耳

切符鋏にて猫の耳切る誘惑を書きし人ありこの薄き耳を

おほきくなりしおのれを知らず小さなる箱あれば箱に入らむとせり

湯の沸ける音つづきをり磨り硝子の窓を過ぐるは大き雪の影

飲みこみて残らぬことの多しといふ血のつきたる猫の乳歯拾ひつ

喉にひびく音の絶ゆれば寝入りたりわが生《せい》に来しいとけなきもの

雪の夜を見て眠りしに水音のきらめきやまぬ朝にわがをり

葉から葉へ雪の雫のつたひ降《お》り樹下に入りたる人の髪に散る

窓ごとにあふるる光遮りて廊下をあゆむ知らぬ身体は

すべてに温度ありし夢なり現よりあからさまなるかなしみをしつ

雨の香にけふより春とおもふ日のわが傘の色見下ろす者よ

水に濡れぬ花

一本の欅の四季に近くある三階の窓を見る朝夕に

ひと日ひと日萌ゆれば線のやはらげる欅の下をわれは過ぎゆく

野草の名の木札読みつつ廻るとき水の音ちかづきて遠退きぬ

なめらかに石越えゆける春の水をこころ解かれてながく見てをり

落ちしのちしばらく水に濡れぬ花にとまりてゐたる眼のあかき蠅

顔寄せておたまじゃくしを眺むる間われは異なる春をいくつ経ぬ
うらうらに天の光の放射せる昼をねむれり白布のごと

高きよりわれをかすかに認めたる鳥もありしか今日のひと日に

ことごとく傾ぎて枝を伸ばしゐる桜木の下池は昏るるも

驟雨と女

日傘たたみ終へしづかなる屋内へ　光にも傷むものを見にゆく

照明はおさへられをり浮世絵師の名をつらねたる年表長し

雪夜ゆく女の絵あり甲たかき素足の指に鼻緒はさめり

肉厚の着物にからだつつみゐて素足のみ心もとなげに見ゆ
雪を吸ふ川の面の刷り色の蒼　冷房のききすぎたる部屋に

幾筋も斜めに引かれたる線の雨音の中を急ぐ人と馬

竹叢はおなじ角度に撓められはげしき雨の奥にかすみぬ

やはらかに着物の衿をくつろげたる女見つ夏の薄着のわれは

青光りせる紅に塗られし唇はほのかなる灯のありし夜のもの

唇をうすくひらけり寄りゆきて死へといざなふごとき顔《かんばせ》
垂らしたる紙縒を貝に噛ますとふ潮干狩りありき女あそべり

あまゆる子と母描かれてその母の艶なれば子は子にあらぬごとし

正面を去るときに映ゆ世を経たる雲母刷のしづかなる光沢は

おだやかなる獣のごとく街中に黒くしめりて幹の立ちをり
暗き樹の下に乱るる雨の音ひびき入るなりわれの手首へ

斑雲を押す風速しをりをりに月光はちから取り戻しゐる

息を

肉体よりおのづと出づる短き声ピアノの音の奥に聴きあつ

身にうねる音を鍵盤のうへにさぐりゆくとき人は前のめりなる

ねむるまでかけてゐし曲そのひとのねむれば音をちひさくしたり

〈魚は飛び跳ね　綿の木はそだつ〉子守唄はなぜにほのぐらき旋律ならむ

一日の窓とざすときわれに向く月ありながく其処にゐたるごと

百合の群れ夕べの風にさやぎゐる影の向かうより恋人が来る
朝露の鳥の口へと移る頃ねむりはわれをいまだ占めをり

肌あらき塀にふれたりいつか見し長き題もつジョルジュ・ルオーの絵

木の窓を洩るる歌ごゑひたすらなる祈りはふかき嘆かひに似つ

傷みなき花弁保てる梔子の磁器のあかるさけふの曇りを

草の間に瑠璃色のほそき尾を這はせたちまち失せつわれの夏より

さびしさを歩む間もわが胸にありてひねもす雲を映すみづうみ

ひとりの名を繰りかへし呼ぶ一曲を聴きゐたりそのくるしき息を

若き日のこゑ高かりき音と音の間《あはひ》を刺せるやうに昇りつむ
眼をふせてひとつの音を伸ばせる間汗はゆつくりこめかみを垂る

間奏のブルースハープみづから吹き歌ごゑのなほつづけるごとし

月の貌を見上げをりもう帰らむと心に言ひてかへらぬ夜を

木製のテーブルの上のうすき影蠟燭の灯のゆるるたび揺る

流るれば泪のいづる旋律の増ゆるかな気がつかぬまに老いて

下ろす腕の線うつくしと見し午後のわれ蔓草になりぬるごとし

一本の柑橘の木に来てゐたる黒き蝶吹きあげらるるごと消ゆ

なほあかるき夕暮れとなり虫の屍《し》に砂鉄のごとく蟻あつまれり
あふむけに死ぬるものありあふむけにひとよ眠れや恐れなき夜を

明けきらぬ空に囀りひびきあひ月の薄るる時となるらし

陽の下の椅子

実を掲ぐる秋の桐の木までつづく坂ありわれはここより見るも

陽光の淡くなる頃割れはじむる果実のごとく息をせりけり

出づる汗のたちまち冷ゆる夜となりぬ通草の葉群波うちてをり

見えぬほどの雨降りかかる蜘蛛の巣に蜘蛛冷えをらむこゝろをもたねば

黄の蝶の互ひを追ひてほのぐらき霧雨の空を昇りゆきたり

夕光《ゆふかげ》の水引草をながめつつ心はゐたり遠きところに
半円をゑがきて通る陽の下に椅子あり草にたふれたるまま

木の椅子のたふれて朽つるまでの時われの身体は幾度めざめむ
綿雲の縁にひかりの含まるる午後よすべてをわすれ果つる日よ

小鳥など紛れ入るなき朝の部屋剝かれし梨に水にじみをり

冬は来《き》ぬわれの窓辺の柚子の葉に嚙みあとをのこし過ぎにしものに

あたらしく葉の降れる音ながく人の踏みしことなき葉の堆積に
並み立てる幹の間《あはひ》の一点に落日の見えゆらぎゐるなり

落葉《らくえふ》に埋もれてほそくながれゆく川夕暮れのわが辺にありぬ

散り敷ける黄葉が喉を照らすほどの秋は来べしやこの世のわれに

「草紅葉」とこころのうちに言ひながら見て過ぎたるは名を知らぬ草

咲きのこれる秋明菊に一枚のはなびらのなく傾きやすし

広き野も昏れはじめもうしばらくは温かからむ石に寄りゆく

月高くとどまれるかな団栗の水音のごと落ちてまた落つ

輪郭をあはく照らされ池の面の月をみだして夜半をゆくもの

2

渉る

朝桜しろく群れあひかなしみは瞳の向かふ方にあるべし

われを待ちわれを過ぎたるもののごと並木のうへを渡る大き鳥
行きよりも帰りに多くひらきをりわれに被さる桜あかるし

花びらに花びらの影映る朝わがかたはらにねむり飽かずも

風のふるへ花に伝はり子供らの切りしことなき髪に光あり

花びらのひとつも失せず咲き充つる時終へて夜をしづまれるかな

桜木を内より照らす街灯に焦がるる蛾をりやがて夜が明く

洞のなかに砂を詰められ詰められし砂抱きつつ老樹となりぬ

はなびらに半ば隠るる夜の水面渉らば脚にあまたまつはらむ

かなしみに溺れつくしし日のわれに降りき鱗のごとき花びら

引かれゆくやうに流るる花びらを誰をも呼ばず永く見てをり

てのひらは上を向きたり花びらがわれを消しゆくしづかなる午後

もの思はぬために眠りし春ありき今年の桜けふ終りゆく

黒き蟻越えなづみをりはなびらの散り重なりて色濃きところ
わが裡を落ちてゆくらしひとの肩が今しふれたる花のごときは

窓際に吹き入りたりし花びらの乾きぬ花びらと分からぬまでに
手放ししのちの時間よ蘂残り木木のふたたび紅く映ゆる日

撓ふ枝にしたがひながら揺れゐたりかつての花のごとき葉の群れ
大きひとの身体の蔭に立つごとし葉桜のもと汗はひきゆく

桜餅のにほひと言ひて雨の日の枝をくぐりしをとこありけり

八重桜のおもき花殻鼻さきに分けてゆきかふ鹿の雌雄は

鹿たちの木蔭にねむる頃となりわれの項《うなじ》もあたたまりゐる
光差せば生きかへりゆくもの見をり幹をつつめる苔のあをさも

青空

布洗ふ水あふれしむこの朝を目覚めて生くる人の在りつつ

あまやかに体光《たい》らせて草伝ふ蟻に見入れば時の過ぎゆく

人間の重みに圧されたるところ草は濃緑《こみどり》の匂ひを立てぬ

地を這ひゐて蟻の巣穴に入りたしと願ひたりける心かなしも

草の穂に夕陽のわづか溜れるを眺めておもふ明日の日のこと

心にのみ言葉を記す日は継がれ夕空の弧を鳥のゆくなり

傍らの一人《いちにん》の名を預かりし者にも来べしひとり分の死は

たふれたるままなる軀　青空の奥に真昼の星は光れり

生まれ出で置かるるごときさびしさに地表を過ぐる風を受けしか

関はりなき美しさにてはろばろと土の中より見ゆる星あり

夜をゆく者

見よといふこゑあるごとく寒空の遠く近くに星のみじろぐ

ひたぶるになにかを待てる姿なるわが耳を吹く風の音のす
天をすべり燃えたる星の残像のしばらくありてつめたきわが眼

洞窟にひびかふごとき男声よ何千年を待てる者らの
ゆつくりと食ひ入る指をおもひつつ読みゐたり〈麺麭を裂く〉とふ言葉

キリストの顔は映らぬ映画にてをさなごと話すこゑしづかなり
傷多き映像のなか修道士の黒服の腰に縄のゆれゐつ

修道士が母のなき子にうたふ歌〈おはやうマルセリーノ　おめめを覚ませ〉

呼びやまぬものあるごとく覚め際のあたたかき淵に手をしづめをり

散るまへの柘榴の黄葉枝さきにかさなりをれば今はあかるし

ジョン・エヴァレット・ミレイ「両親の家のキリスト」三首

羊らはやさしき顔を並べをり大工ヨセフの庭の柵のうへ

誤りて傷つけたりしてのひらより血は落ちぬ少年の白き足の甲に

ゆゑしらぬ予感のありて子に寄りそふマリア老婆に見ゆる額《ぬか》せり

膝頭に乾ける草のあたる道を日ごと歩みきをさなかりしひとは
砂の起伏月下にしろき夜となりからだ冷ゆれば眠るのみなる

砂の重みに砂のくづるる音のせりこの世の果てのごとき明け方
夢に詩を読みあげてゐつたたまれたる闇より闇のひらくごとき詩を

血の汗をながせるひとを遠く置きうちかさなりて眠る使徒たち

手袋をせぬ手をさらし新月の夜に灯りたる聖樹見てをり

道をよぎりゆく人ごゑの遠くせり雪のやみたる気配のなかに

いつよりかこの場所にをりわれをめぐるわが身の影の細き冬の日

かなしみをたれかしづめゐむ夕ぐれの鳥籠に布をかくるごとくに
見交はししことなき者を愛しぬき死にたりしのち残る静寂

旅に出づる人へとわれのうたふ歌葬りの日にうたふ歌なり
従きゆくことかなはぬゆゑにただにおもふ荒れ野をゆくひとを死へゆくひとを

われの知らぬ夜をゆく者よ立ちどまり顔を上げなば星は見ゆるか

尖塔

初夏に咲く花の写真の掲げあるおほき百合の木けふは秋の木

羊雲群れをくづさず尖塔を空にのこして西へ移りぬ

風に押さるる雲をながらく見てをればわれを載せたる地は滑りゆく

花水木実ばかりとなりあらはなる鶫のをり喉伸ばして

脇腹にあたりしわが掌われの掌とおもはれぬほど冷えてありたり

右側の窓に塞かるるゆふやみは湖の辺につながりをらむ

朝ごとにゆく道曲がり冬草の刈りはらはれし空白に出づ

大き葉は遠くへ行かずその幹のめぐりにありぬ明日もあらむか

春の塵

蕾のうち全くととのふ朝にして淡雪ふれりわれの上にも

靴音のこもる夜の道いくつもの花の香りにゆきあたりゐつ

夜が昼へかはれるごとく蕾裂き反りかへりゆく沈丁花見つ

雲の底に雲の影あるゆふぐれよ小鳥は枝をたわめ休めり
惜しみつつ暮れゆく空を見てをれば尾は向き向きにこずゑにありぬ

鳥の蹴りし力に揺れてゐたる枝しづまらむとす風のなき間に
いつよりかわれはかなしむ鵯の頭の羽毛みだれてゐるを

雨ふれば土の香の立つひと日なり十指の爪のわづか伸びつつ

人の眼に見えぬ刻刻ゆらめきて草の芽は種皮をぬぎゆくらむか

かなしみのゆきわたる朝猫柳の柔毛なづれば光変はりぬ

ながき脚を芝にゆつくり運びゆく鳥のうへけふも空間のあり

雲はながれ鶴は真直ぐにたちどまる昼あたたかし常《とことは》のごと

この春もわれは木に寄りひとときを花見尽くさぬままに瞑りつ

ほそき脚に吊りたる体かるからむ目白しみじみと蜜を吸ひをり
嘴の喰ひちぎれるはたたまれて花びらの充ちゐたらむ蕾

魚の泣く別れありにきなめらかに真昼の河はうごきつづくる

帰り来たる者のごとくに木木をうつ風あり永く忘れゐしころ

力抜きて身を横たふるあけがたに風の生れつぐ場所をおもへり

晩春の地《つち》をめぐりて疲れたるわれは胞子をつけて帰りぬ

桜の幹黒く映えゐる夕ぐれをひとの内なる水もぬるみぬ

中天に月あり土のくらがりに水をもとめて伸ぶる繊き根

花杏ねむれる頃か時来ればわが身を剝がれ落つるものある

春の月ほの赤きかなきらきらと絵本のうへを蟻の渡れる

花びらの吹き寄せられて黒土のうつくしき日よ時の終りに
春の塵ひかりて沈む日向にてなにも思はず眠りたること

脚垂りて花より蜂の去りしのち日は翳りたりたちまちにして

三十九篇

——茨木のり子『歳月』

箱の中にをぐらく収められてゐし三十九篇の一人への詩よ

寝顔へと呼びかくるごとイニシャルで記されてゐきひとの名前は

うつくしき五月の朝をひとり覚むもう触れられぬことを〈死〉として

みづからの柩に花を入るるごと詩をひとつづつ箱に入れしか
なまなましき身体もろとも逝きしひとに追ひつかむため経たる歳月

五月

目の限りあかるき真昼卯の花のなかに動かぬ小さき蜘蛛見つ

風に揺らぎまたしづまれる一輪草のひと日の端にわれは立ちをり

木木の絮あまた放たれゆたかなる時間のごとく横へながるる

藤の香の下にておもふ翅細かにふるはす蜂の体熱きを

ひとならぬものたちのこゑ渡らへり五月の光のぼり落つるまで

3

雫

ねむければこゑ出ぬままに開くる口のあかく小さし朝の窓辺に

わが産みしものにあらぬに抱きすくめ〈わたしの猫〉とわれは言ひたり
内臓さへさぐりうるほどやはらかき腹に手をあてしばらくををり

うちかさなる青葉の蔭のえごの萏乳の雫のごとあかるめり
うづくまりゐるかとおもひ草叢に目凝らすこともこの夏はせず

間をおきて黄蝶の来たり紋白蝶《もんしろ》の飛びたる跡をなぞるごとくに
わが脚を越えていつもの位置に寝《ぬ》るはいづれの猫か雨の聞こゆる

呼びかくるごと呟けばゆるやかにかなしみとなるひとつ名のあり
夜更けの窓しばらく開けてながめゐる舗装路にわれを目指す灯のなし

まづ光の帯あらはれて霧雨を浮かべたるのち車体過りつ

泥に足裏をぬらして戻り来るほどの雨やまぬ夜よ三年は経たる

もうこの世になきわが猫が銜へ来し子鼠のうつくしかりし両の眼

前肢にてわが髪にふれ起こすもののやさしさのなかを目覚めたりし日

けふも暑くならむとおもふ朝なりき口はしづかに閉ぢられてゐつ

氷うかべし水にも口をつけぬまま動かずありき夏の幾日を

われにのみ短く応へくれしこゑ失はれたり病みふかまりて
ただすべてを肯ふもののしづけさの近くにありてときをり泣きぬ

触るるのは最後と知りぬ去りぎはに首筋の毛をすこしもらひつ

影をもたず外にいづれば荒荒しきまでに蟬啼く日なり世界は

太陽がすべてを熱しゆく昼よ空洞はわれの真中にありて
雨ののち陽はよみがへり繁りたる定家葛のつよき香のせり

薔薇垣をかはるがはるに出でて入るほつそりとせる雀の春子

暮れはじめたる草叢に星のごとぺんぺん草は実を浮かべをり

ひたすらなるこゑひびくなりとほくちかくわれの眠りをつねに離れず
こゑ嗄るるまで鳴きとほし幾日を迷ひてわれの手のなかへ来つ

子を残さず消えたる汝がのこしたる子のやうに小さきものは息せり

丸一日ねむりたるのち母をもとめ部屋をめぐりしがしづかになりぬ

添ひ寝せるやうにゐたればちさきものは濡れし毛糸の匂ひとおもふ

あづけたるわが手を抱へあたたかき鼻押しつくるねむりながらに

あけがたの風を入れむと起くるときわれに重なるある日のわれよ

栞紐

はるかなりし林のごとし針葉樹の初夏の落ち葉をふみしめてゆく

二の腕を撫でおろしつつ払ひたる羽虫わづかなる汚れとなりぬ

蒲公英の絮をてのひらにほぐしたる者去りてのち暮るるまでの間

ねぢれつつ太く生ひたる朴の木の幾度めの花の下にわが来つ

見上ぐれど見えぬ花あり根方より離るるわれへ香は追ひつきぬ

高きにて風起こりたりほしいまま鳥は見るらむ花の形を

うつぶせに躑躅の花の落ちゐたり人が指にて並べしごとく

駆けゆかば顔に幾つも羽虫あたる日盛りならむ犬の駆けいづ
ガラスケースに二十日鼠の子の生れて桃色の身をふるはせてをり

小動物なればちひさき空間に入れられゐるをわれは見てゐる
つぶるるほど互ひに体寄せあへるさびしさのありをさなきものに

うつむきて髪乾かせば菖蒲の香すこしのこれる体とおもふ

湯にうかぶ長き菖蒲を幾たびも折りて嗅ぎにきこどもなりし日

街灯に欅のくらき青葉透け湿りをもてる風の触《ふ》り来つ
藻の花の夜の水にもゆらぎをり川沿ひの道をわれの過ぎつつ

ひとりきりの姿とおもふ耳朶をみる角度にて鏡に入れり
半ばにてゆきあたりたるふたすぢの幅広の血のやうなる栞紐《スピン》

金の雨

芙蓉の花に黄なる花粉のこぼれをりわれをしづかに血はめぐり終ふ

規則ただしき襞ある花のひらきゆき彼方におこる塔の鐘の音
あまやかに陽のさせる昼暗幕のごとき葡萄の皮をやぶりつ

葡萄の皮に黒く染まりし爪もてり真の飢ゑを知らぬわれなる

ねむりながら泪ながしぬ眠りには続きの日日を生くるわれゐつ

膝をつく女の絵にてひとの眼のやうなる花の模様に埋もる
秋の陽にぬくむ身体の思へるはみづからをはなれたりしもののこと

静脈の色うつる肌画家の眼にかたどられたる女は瞑る
巻貝のかたちに我のねむるときあかるき金の雨となりて来よ

ながくかかりて色づく柘榴ふれざれば陶器のごとき硬さとおもふ

紅萩のわづかにあをみ乾びゆくひと日ひと日よ目を凝らすべし

亡きひとの寄贈の印の押されたる書の重みありわが膝のうへ

あふむけの身に残りをりこの夜半の雲のむかうの流星痕は

われの眠る間も鳴くならむ鉦叩き心音のごとしばらく聴けり
身を折ればわが眼の前にあらはるるちひさき花のもてる高き香

土のうへに影をすべらせおほいなる獲物下げたる蜂のよぎりつ
風荒びたりし夜ののち草折り敷きなにかねむりてゆきし跡あり

うつむきて髪洗ひゐつ一群の馬ゆき過ぐるごとき雨の間
もみぢ葉のをぐらき赤の透きとほる樹下にをり昨夜《よべ》のこころともなひ

秋天へ真直ぐにこゑの昇る昼砕かれてゆくしろき歯もあり

写真

いまだ知らぬ冬より降りて来しごとき朴の葉にわが顔を隠せり

西へゆかばまだ夕映えの見ゆらむか追慕の如くけふは思ふも

組み合はせたる両手のうちにこもりゐるわれの鼓動をわれのみ知りぬ

雲の動きはげしき朝《あした》枯れ色の芝に混じれる青を見てゐつ

ひろき水を渡りくる風の中に立ちある日のわれは写真に入りぬ

花すくなき植物園をめぐり終ふ蕗の薹などときに指さし

きのふまで石の面をしめらせゐし雨の乾きて石しづかなり

花梗

――二〇一〇年三月三〇日

君逝きしこと知らざりし朝なりきつめたき風に桜花揺れをり

魂のひとつ還りし朝ののち東京の桜咲きそろひゆく

蒼のこる桜を見あぐ長崎の桜白みてをらむ午前十一時

あたたかき午後の来りぬ一斉に血はかよふなり細き花梗に
鶫のこゑ花の間をゆきかへり下界へ落つるやうに花散る

古きからだ

破れなく藍のあさがほ開くころめざめたりけり何にもふれず

待ちをれば来し黒揚羽鳥《とり》ほどの量感もちてわれを過ぎたる
印象はまぼろしにして風なかの黒揚羽の貌を見たることなし

わがひと生に相会ふことのなき人のあまた過ぐるを見をり眼下に

蟬の腹なほ震ひゐて明暗のはげしきひと日終らむとせり

夜の道に花火の白くかがやきて子のこゑのせり顔は翳れど
よどみゐるうすき煙を照らしつつ次の花火の燃ゆるしばらく

つややかなる蟬の抜け殻さかしまにロープに爪をかけて下がりぬ

隙間なく充ちゐしからだ眼ふたつありし半球の青光りせる

古きからだをここに残して啼くもののこゑ混じるらむわれの頭上に
たしかなるものを欲りし日昏れゆきて模型のごとき街をながめき

もの濯ぐ音たたしめつ遠くより見るなき窓をひとつ灯して

蜻蛉《とんぼう》の水中をゆくごとく飛びひとのかなしみの消えぬゆふぐれ

一本の濡れたる髪のまつはるを意識せりみづのなかなる膚は

金網より垂りゐるあけびゆるやかに停まる車の窓ちかく来ぬ

たれか言ひし夜の公園のあけびのこと重き雫のごとくおもへり
日の暮れの迫りてゐたり足もとの竜胆のあを暗きを言へば

夕光の移ろふ川を見終りてこころはここに帰るならむか

あふむけに死にゐる揚羽わづかづつ地を滑りをり風にふかれて

かたつむり

かたつむり塀をしづかに登りをり身を引き上ぐるをりをりを持ち

かたつむりの殻は光に半ば透け暑き日とならむ日の始まりぬ
何もかもまぶしき真昼露草の萎みしのちの暗き青見ゆ

蓮の葉をおほきく揺らす風起こり雨音はやがてここに至らむ

「蟬」といへる人の言葉を聞きてのち雨の間《あひ》より蟬のこゑせり

地に落ちたる凌霄花おとろへず樹上の花とひと日照りあふ

葉の裏にとまりてをりしかたつむり遠くまで行き夕ぐれは来《き》ぬ

四百年

金泥を背景とせる葉と花の存在にわが向きあひてをり

紅と斑と白の花もつ老木の椿なだるるおのが重みに
椿の枝ささふる添へ木ほそく見ゆ黒き紐にて枝と結ばれ

朽ちながら形保てる花のあり花びらに茶の染みは浮かびぬ

地に近き枝に群がる花のいのち滅ぶるときに重りゆくらし

冬草の上の花びらのひとつづつ傷みゐるなり凍みとほりつつ

樹齢四百年の椿に向かひゐし画家の三十代は晩年なりき

外界

ならびゐる木と木のあはひ時みちて陽を散らしつつ翼果の落ち来

柿紅葉をはこぶ流れにあらがへり身をゆすりゐる黒き鯉の群れ

石塀をひたす薄暮にまぎれゆく八つ手の花のかたちの影は

骨のごとき臟器のごとき花と見るわれの今年もありて冬来ぬ

暮れがたに炎を見たる昂りのまま歩み入るながき並木に

ゆるやかに枯れ葉へ足のしづむ間を或るよろこびの身にかへりたり

いま雲をいづる月あり手の窪へ油は落つる速まりながら

顔を晒しひとに向きあふ冬の夜門灯のめぐりのみが明るし
野の虫のすでに絶えたりわが夢に布のやうなる雨ふりつづく

水に濡れしあまたなる靴跡のあるエレベーターはわが前に開く
ふたたびを見にゆかざればいつまでも破れずあらむ冬の蜘蛛の巣

山茶花のかをりを言ひしひとのことけふ山茶花の藪をわが過ぐ
天地より夜は迫りたり水鳥の桃いろの肢しづまりをらむ

水の面を風の走りつかかはりなき底ひの落葉うち重なれる

日溜まりへ近づくごとく拾ふときおもひがけなき柚子のかるさよ

かの街にて小さき詩集を選びたる日は行きわれに詩集のこりぬ
辛夷の木の高さにありぬ今しがた扉《と》を押して出できたりし部屋は

たちまち此処を過ぎむわれなれ車より人を待ちゐる人のかほ見つ
すべり落ち皿に光れる柚子の種のそのままにして夜はうつろふ

煙草の火のごとく携帯電話灯す人の影みゆ木の影の辺に
傘の中へ腕をさし入れひらきたり外界にわれは加はらむとし

霜柱とけたるのちのぬかるみに入るなとありぬ入るものもなく
薄明へおもむろにさめながら思ふ飲みこめぬほど冷えてゐる水

放らるるごとくに枝に飛び来たる小鳥のうへの光の春よ

粒立てる桜の枝をくぐり終へ眼はうすく水に覆はる

あとがき

本歌集は、『花の線画』に続く第四歌集です。二〇〇六年秋から二〇一〇年春までの作品の中から、三七〇首を選んで収録しました。

この間、『短歌研究』二〇〇八年四月号から二〇一〇年三月号まで、三ヶ月ごとに三十首、計八回という作品連載の場をいただきました。普段どちらかというと寡作な私にとっては苦しい面もありましたが、三十首だからこそ表現できるテーマや、さまざまな素材をさぐる貴重な機会となりました。その連載作品を中心に、他の雑誌等での発表作を含めて構成しています。「場」の力によるものなのか、今までとは少し違う雰囲気の歌が出てきているのではないかと感じています。四十歳という節目の年に歌集を出版できることを幸せに思っています。
いつも温かいご指導をいただいております「心の花」の佐佐木幸綱先生、会うたびに励ましと刺激を与えていただいている「心の花」の先輩・同世代の友人達に、心より御礼申し上げます。そして、連載時から出版に至るまで、短歌研究社の堀山和子様、スタッフの皆様にたいへんお世話になりました。ありがとうございました。

二〇一二年一月九日

横山未来子

検印
省略

平成二十四年五月一日　印刷発行
歌集　金《きん》の雨《あめ》
定価　本体二八〇〇円（税別）
著　者　横山未来子《よこやまみきこ》
発行者　堀山和子
発行所　短歌研究社
郵便番号一一二―〇〇一三
東京都文京区音羽一―一七―一四　音羽YKビル
電話〇三（三九四四）四八二二・四八三三
振替〇〇一九〇―九―二四三七五番
印刷者　豊国印刷
製本者　牧製本

ISBN 978-4-86272-261-4 C0092 ¥2800E